Catalogage avant publication de Bibliothèque et Archives nationales
du Québec et Bibliothèque et Archives Canada

Latulippe, Martine, 1971-

Place au spectacle!

(L'alphabet sur mille pattes ; 10)
Pour enfants de 6 ans et plus.

ISBN 978-2-89591-148-7

I. Boulanger, Fabrice. II. Titre.

PS8573.A781P52 2013   jC843'.54   C2012-941272-4
PS9573.A781P52 2013

Correction et révision : Annie Pronovost

Tous droits réservés
Dépôts légaux : 1er trimestre 2013
Bibliothèque nationale du Québec
Bibliothèque nationale du Canada
ISBN : 978-2-89591-148-7

© 2013 Les éditions FouLire inc.
4339, rue des Bécassines
Québec (Québec) G1G 1V5
CANADA
Téléphone : 418 628-4029
Sans frais depuis l'Amérique du Nord : 1 877 628-4029
Télécopie : 418 628-4801
info@foulire.com

Les éditions FouLire reconnaissent l'aide financière du gouvernement du
Canada par l'entremise du Programme d'aide au développement de
l'industrie de l'édition (PADIÉ) pour leurs activités d'édition.

Elles remercient la Société de développement des entreprises culturelles du
Québec (SODEC) pour son aide à l'édition et à la promotion.

Elles remercient également le Conseil des Arts du Canada de l'aide
accordée à leur programme de publication.

Gouvernement du Québec – Programme de crédit d'impôt pour l'édition de livres –
gestion SODEC.

Imprimé avec des encres végétales sur
du papier dépourvu d'acide et de chlore
et contenant 10 % de matières recyclées
post-consommation.

MIXTE
Issu de sources
responsables
FSC® C023527

IMPRIMÉ AU CANADA/PRINTED IN CANADA

Place
au spectacle !

Auteure : Martine Latulippe
Illustrations : Fabrice Boulanger

L'Alphabet sur mille pattes

On ne s'ennuie jamais
dans la classe
de madame Zoé !

Les élèves font
toutes sortes d'activités
artistiques.

Et le prénom de chacun
commence par une lettre
différente de l'alphabet.

Découvre l'aventure de
Alice, **B**éatrice
et **C**harles...

Bienvenue dans le monde
du théâtre !

Chapitre 1

La timide
Alice

Dans la classe de madame Zoé, ce matin, les élèves sont agités.

Tellement qu'Alice a mis son chandail à l'envers.

Béatrice est si nerveuse qu'elle essaie de manger de l'ananas avec une paille.

Le grand jour est enfin arrivé.

Zoé a un sourire apaisant pour les amis :

– Ah ! Voilà… On y est presque…

Dans un peu plus d'une heure, on présente *Abracadabra !* C'est le titre du spectacle.

La timide Alice joue
le rôle de la reine
Annabelle.

Elle a appris son texte
par cœur.

Son costume est prêt,
ses accessoires aussi.

Elle est très nerveuse. Elle a des papillons dans l'estomac.

Des papillons?

On dirait plutôt des canards sauvages qui s'agitent!

Coin, coin, coin!

Soudain, Alice pousse un cri affolé :

– Aaaaaaaaaaaah !

Tout le monde accourt vers elle.

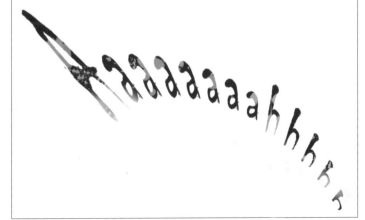

– Ma couronne ! dit Alice.
Ma jolie couronne a disparu !

La pauvre a les joues rouges comme
de la crème glacée aux cerises.

Pourtant, hier, Alice a placé sa
couronne par terre, près de
sa chaise.

Chacun s'affaire.

Béatrice cherche sous les tables.

Charles regarde derrière les dictionnaires.

Madame Zoé fouille dans la poubelle.

– Je l'avais déposée sur le sol. Elle était dans le coin de la classe, à côté de mon pupitre, affirme Alice.

Tous les yeux se tournent vers le coin de la classe.

Rien.

Pas de couronne.

La cloche sonne.

– Allez jouer dehors, les amis ! dit
madame Zoé. Prendre l'air vous fera
du bien !

– Ah là là ! se désole Alice. Une reine
sans couronne, ce n'est pas sérieux.
C'est comme un clown sans nez rouge.
On devrait peut-être tout annuler...

Madame Zoé pousse doucement
Alice vers la sortie.

Alice grimpe dans l'araignée.

Mais elle pense à sa couronne.

Elle va ensuite à la balançoire.

Mais elle a du mal à s'amuser.

Puis elle saute à la corde à danser.

Mais elle n'est pas concentrée.

Enfin, elle joue au ballon prisonnier.

MAIS DEVINE À QUOI ELLE PENSE ?

20

Chapitre 2

La gentille
Béatrice

D'habitude, à la récréation, Alice et Béatrice jacassent sans arrêt.

On dirait deux pies bavardes perchées sur une branche!

Cet après-midi, aucun mot ne sort de la bouche d'Alice. Béatrice se désole de voir sa bonne amie si préoccupée.

Elle la suit pas à pas.

De l'araignée à la balançoire.

De la balançoire au ballon prisonnier.

– Ne t'en fais pas, Alice.

Mais déjà, son amie est partie vers une autre activité. Alice a la bougeotte! Béatrice n'abandonne pas.

– On va trouver une solution!

Alice balbutie d'une voix faible:

– Il n'y a rien à faire, j'en ai bien peur...

– Il y a toujours quelque chose à faire, répond la brave Béatrice.

Beding! Bedong!

La cloche sonne.

La récréation est terminée.

Tout le monde retourne dans la classe.

Zoé annonce :

– Bonne nouvelle, mesdemoiselles et messieurs : c'est maintenant l'heure de se costumer !

La classe se transforme en une véritable ruche. Ça bourdonne comme des abeilles!

Bzzz! Bzzz!

Les élèves fouillent dans de grandes boîtes. Les capes, les blouses et les robes volent de tous les bords!

Charles met son beau costume de magicien.

Béatrice se déguise en ballerine.

Un autre élève devient un lutin barbu.

Alice enfile sa jolie robe de reine... mais elle n'a rien à se mettre sur la tête.

Elle attache une large boucle dans son dos d'un air boudeur.

Alice a l'air d'un papillon, avec deux ailes qui dépassent de chaque côté!

Mais un papillon qui boude…

Béatrice n'aime pas voir son amie bouleversée.

Elle propose :

– Je pourrais lui prêter mon cerceau doré. Il ressemble à un diadème.

Alice n'est pas tout à fait certaine...

Mais c'est la meilleure solution. Elle l'accepte donc.

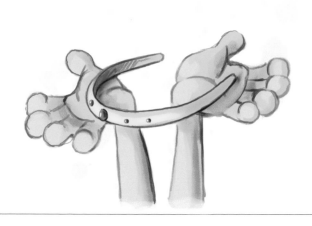

La classe continue de bourdonner.

Bzzz! Bzzz!

Les élèves s'agitent et s'affairent.

Tout le monde bavarde.

On chuchote.

On crie.

On court partout.

Dans quelques minutes, les parents
viendront s'asseoir dans la grande salle.

Quand chacun est costumé, Charles s'écrie :

– Madame Zoé, je dois aller vérifier quelque chose. Je reviens bientôt !

Voilà notre ami Charles qui court dans le corridor.

MAIS POUR ALLER OÙ ?

Chapitre 3

Charles
le coquin

Ça y est, le grand moment est arrivé !

La salle est pleine à craquer. Plus de cent personnes occupent les chaises.

Charles n'est toujours pas revenu... On cogne trois coups.

Boum!
Boum!
Boum!

Le rideau rouge
s'ouvre.

Alice s'avance sur la
scène avec courage.

Sans couronne.
Un cerceau posé sur
ses cheveux.

Elle joue la reine Annabelle.

Elle soupire :

– Quelle chaleur ! Et quel ennui... Je voudrais tant me changer les idées... Qu'on fasse venir le magicien du royaume !

Le coquin Charles
entre sur la scène,
tout essoufflé.
Son sourire
est éclatant
comme le
rideau rouge.

– Votre Majesté,
j'ai un cadeau pour
vous.

Curieux ! Ces mots ne sont pas dans
le texte. Alice bégaie :

– Mais c'est... ce n'est... ce...

Le magicien n'est pas censé lui
donner de cadeau.

Charles insiste :

– Chut ! Regardez dans ce petit coffre, ma reine.

Alice soulève le couvercle... et sa couronne apparaît !

– Abracadabra ! s'exclame Charles.

Tout le monde éclate de rire.

La reine, contente, enlève son cerceau et met sa couronne.

Alice est aux oiseaux!

Le spectacle continue.

Charles reprend le texte qu'ils ont appris en classe.

– Vous m'avez fait appeler, Majesté?

À la fin de la pièce, les spectateurs se mettent à crier:

– Charmant! Adorable! Bravo!

Les canards sauvages ont quitté le ventre d'Alice.

Charles et Alice saluent le public en se tenant par la main.

Puis ils se retirent derrière le rideau, sur le côté.

Les autres élèves viennent saluer à leur tour.

Alice chuchote à l'oreille de Charles:

– Où était ma couronne?

– La couronne était par terre, sur le plancher... Le concierge a peut-être cru qu'on voulait la jeter! J'ai couru à son local. Ta couronne était là, sur son chariot.

Alice plaque un gros bisou sur la joue de Charles.

– Merci, Charles!

Le grand rideau rouge s'est refermé.

Béatrice la ballerine s'approche d'eux. Elle est légère comme une feuille.

– Tu vois, Alice, il y a toujours une solution à tout!

Alice éclate de rire. Béatrice est ravie.

Charles, lui, rougit... Parce qu'il est content d'avoir retrouvé la couronne ? Non ! Parce que son cœur fait de drôles de bonds depuis qu'Alice lui a fait un câlin...

Boum-boum. Boum-boum. Boum-boum.

Il semble un peu amoureux, le coquin !

Les élèves se placent en demi-cercle devant madame Zoé. On dirait un gros bouquet de fleurs coloré. Tout le monde applaudit.

Alice fait une révérence.
Elle rayonne comme une reine qui
salue sa cour. Une reine avec une
couronne, bien sûr !

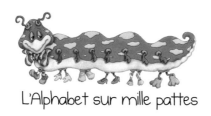

L'Alphabet sur mille pattes

SÉRIE LES ANIMAUX

Texte : Yvon Brochu
Illustrations : Marie-Claude Demers, Joanne Ouellet, Roxane Paradis

SÉRIE LA CLASSE DE MADAME ZOÉ

Texte : Martine Latulippe
Illustrations : Fabrice Boulanger